[ART]
DE NAGER,

D'APRÈS LES PRÉCEPTES

DE B. FRANKLIN, G. FEYDEL

ET AUTRES;

Suivi des moyens les plus prompts et
les plus efficaces de rappeler les noyés
à la vie;

Par L. L. K.

Prix : 60 c.

L'ART DE NAGER,

D'APRÈS LES PRÉCEPTES

DE B. FRANKLIN, G. FEYDEL

ET AUTRES;

Suivi des moyens les plus prompts et les plus efficaces de rappeler les noyés à la vie;

PAR L. L. K.

PARIS.

CHEZ LES MARCHANDS DE NOUVEAUTÉS.

1826.

L'ART
DE NAGER.

Parmi les exercices qui font partie de l'éducation de la jeunesse et lui procurent des récréations aussi agréables que salutaires, il en est un dont l'utilité prodigieuse s'étend même aux personnes qui ne le pratiquent pas. L'immortel auteur d'*Emile* le plaçait en première ligne, et Franklin, qui sut à son gré diriger la foudre, n'a pas dédaigné d'en faire plusieurs fois l'objet de ses lumineuses observations. « Si j'avais encore
» des enfans à faire élever, écrivait ce
» philanthrope à M. Neave, je préfére-
» rais, toutes choses égales d'ailleurs,
» l'école où ils auraient la commodité
» d'acquérir la connaissance et l'habi-

» tude d'un art qui a tant d'avantages,
» et qu'on n'oublie jamais quand on l'a
» une fois appris. »

Si l'art de nager ne consistait qu'à se soutenir sur l'eau quelques heures, il ne serait pas plus nécessaire d'écrire sur ce sujet que sur l'art de marcher; mais les observateurs les plus dignes de foi attestent avoir vu des nageurs parcourir, avec une activité surprenante, des espaces de plus de quarante lieues; et l'expérience nous confirme qu'un bon nageur est infatigable, puisqu'il se délasse d'une situation par une autre, et que variant indéfiniment ses attitudes, il peut, tantôt se promener dans le liquide qu'il a maîtrisé, tantôt s'asseoir et demeurer sur les flots dans une apparente immobilité.

Une chose indispensable pour profiter de cet avantage, c'est de savoir plonger. Sur cent nageurs noyés par quelque accident que ce soit, quatre-vingt-dix-huit ne le sont que faute de connaître cette partie essentielle de l'art de nager : c'est une vérité trop peu connue ; il est bon de la répandre.

De plus, la seule expérience d'un nageur ne suffira pas toujours, s'il veut remonter ou traverser avec avantage et promptitude des courans plus rapides que ceux où il a eu occasion de s'exercer.

J'ai cru, en conséquence, qu'il pourrait être utile de réunir sur l'art de nager, les observations des hommes les plus distingués ; et pour ne rien négliger, je donne ensuite les moyens de rappeler les noyés à la vie.

J'ai lu attentivement à cet effet les écrits publiés sur ce sujet intéressant, et j'ai trouvé que si les traités de natation renferment les meilleures vues, elles sont cependant développées d'une manière peu satisfaisante.

Le plus renommé de tous ces ouvrages est attribué faussement au docte Thévenot ; mais ce livre d'un bon citoyen dénote un mauvais nageur. Deux mémoires trop peu connus de M. Ameilhon, de l'Académie des Belles-Lettres, font regretter qu'il n'ait entrepris que de nous faire connaître l'art de nager chez les anciens peuples.

Outre la méthode de Franklin, qu'on trouvera, sans doute avec plaisir, vers la fin de ce volume, les divers écrits de ce savant contiennent sur cette matière des recherches judicieuses dont je n'ai pas manqué de faire mon profit ; mais aucun livre ne renferme sur l'art de nager des préceptes plus vrais que celui qui fut publié, vers la fin du dernier siècle, par G. Feydel, sous le nom chimérique de Nicolas Roger. Je reproduis en entier, avec des augmentations considérables, l'opuscule de ce judicieux *observateur* (1), et si je me permets quelquefois de substituer aux siennes mes idées et mes expressions, c'est uniquement pour remplir la tâche que je me suis proposée, d'être utile et clair autant que possible.

Je veux, avant d'entrer en matière, donner à mes lecteurs quelques renseignemens dont ils pourront au besoin faire usage dans l'exercice d'un art jusqu'ici trop négligé.

Quoique, dans le corps humain, la pesanteur spécifique des jambes, des bras et de la tête soit un peu plus considérable que celle de l'eau douce (2),

---

(1) Il publia en 1789 sous ce titre : l'*Observateur*, un journal qui finit avec le 40° numéro le 12 octobre 1790. Il est aussi l'auteur des *Observations d'un Dialecticien*, etc., qu'on attribuait à l'abbé Morellet, et de l'ouvrage intitulé : *Mœurs et Coutumes des Corses*.

(2) Robertson a comparé la pesanteur spéci-

cependant le tronc, et surtout la partie supérieure de sa capacité, est d'une légèreté tellement supérieure à celle de l'eau, que la masse totale du corps, prise ensemble, est trop légère pour y enfoncer entièrement, et qu'il en reste toujours quelque partie au-dessus, jusqu'à ce que les poumons, absorbant ce liquide à la place de l'air, s'en trouvent imprégnés, dans une personne effrayée qui cherche à respirer dans l'eau.

Les jambes et les bras sont spécifiquement plus légers que l'eau salée, et elle les soutiendrait au point qu'un corps humain n'y pourrait entrer, bien que les poumons fussent remplis d'eau, si la tête, dont la densité est plus grande que celle de ce liquide et des autres par-

---

fique de quelques corps humains à celle de l'eau. (*Transactions philosophiques*, vol. 1, pag. 30, 1757.)

ties du corps, ne troublait l'équilibre en s'enfonçant.

Par conséquent, un homme se mettant sur le dos en pleine mer, et étendant ses quatre membres, peut aisément s'y tenir de manière à conserver sa bouche et ses narines libres pour la respiration, et par un petit mouvement de ses mains, il pourrait empêcher son corps de tourner, s'il lui trouvait pour cela quelque tendance.

Dans l'eau douce, il est plus difficile de garder long-temps cette posture, à moins de faire agir convenablement ses mains sur l'eau : sans cela, les jambes et la partie inférieure du tronc s'enfoncent par degrés, jusqu'à ce que le corps se trouve tout droit dans une situation verticale, et il restera quelque temps comme suspendu dans cette attitude, là cavité de la poitrine soutenant la tête à la surface.

Bien que la tête garde dans cette position verticale son aplomb au‑dessus des épaules, comme quand on est debout sur la terre ferme, néanmoins elle enfoncera souvent jusqu'à l'ouverture de la bouche et des narines, et peut-être jusqu'au-dessus des yeux; de sorte qu'un homme ne peut rester long-temps dans l'eau avec la tête ainsi posée.

Pendant que le corps demeure verticalement, comme nous venons de le dire, si l'on penche la tête tout‑à‑fait en arrière, le visage regardant le ciel, la plus grande partie du poids total de la tête sera soutenue par l'eau, et la face restant au-dessus de la superficie, laissera une entière liberté de respirer. Elle s'élève d'un pouce de plus à chaque inspiration, et s'abaisse d'autant à chaque expiration, mais sans descendre jamais assez bas pour que la bouche soit atteinte par le liquide.

Si donc une personne qui ne sait pas nager et qui tombe dans l'eau par accident, pouvait avoir assez de présence d'esprit pour éviter de se débattre et pour laisser prendre à son corps cette attitude naturelle, elle pourrait se garantir pendant quelques heures d'enfoncer, et attendre qu'il lui vînt du secours. Quant aux habits, le poids qu'ils ajoutent au corps dans l'immersion est peu considérable, parce que l'eau les soutient ; mais il n'est pas étonnant qu'on les trouve fort pesans, sitôt qu'on se trouve de pied ferme, puisque leur poids est augmenté de tout celui de l'eau dont ils sont imprégnés.

Je ne conseille pourtant à personne de se flatter d'avoir assez de présence d'esprit dans une telle occasion, pour agir tranquillement de la sorte. Ce qui est plus prudent, c'est d'apprendre tout bonnement à nager, comme je voudrais que tous les hommes l'apprissent dans leur jeunesse ; leur habileté dans cet art ferait leur sûreté en beaucoup d'occasions, et les délivrerait même de la crainte du danger.

On devrait particulièrement faire apprendre à nager à tous les soldats, cela pourrait souvent leur être utile, soit pour surprendre l'ennemi, soit pour se sauver eux-mêmes.

Combien de cavaliers en pareille occurrence ont péri avec leurs chevaux pour leur avoir fait prendre telle position ou telle direction contraire à celles qu'auraient indiquées le raisonnement et l'expérience. On a tenté sans succès dans nos armées de faire nager la cavalerie à l'aide d'un soutien de liège qu'on attachait aux flancs du cheval : il fallait le fixer au garrot.

N'a-t-on pas lieu d'être surpris de voir combien peu l'on est avancé à cet égard. C'est pourtant un objet si inté-ressant pour l'humanité, qu'il semble-rait mériter l'attention même des gou-vernemens.

On a souvent avancé que l'homme nageait naturellement comme la plu-part des animaux : ce paradoxe est in-soutenable ; et quoique Borelli l'ait ré-futé victorieusement (1), on voit encore des gens attribuer à la frayeur seule l'inutilité des tentatives faites à ce sujet. Ils ne font pas attention qu'un chien ou tout autre quadrupède se trouvant porté sur l'eau dans sa position naturelle n'a besoin que de marcher pour se diriger à son gré.

Il n'en est pas ainsi de l'homme : l'at-titude qu'il doit prendre ne lui est point familière, les mouvemens capables de

____

(1) *De Motu Animalium*, tom. ix, cap. xxiii, prop. 218. *Roma*, 1681, in 4.

le diriger lui sont inconnus, et s'il est assez heureux pour ne pas faire tout le contraire de ce qui convient, tout décèle en lui la gêne qu'il en éprouve.

Quelques peuples voisins de la mer paraissent cependant avoir des dispositions naturelles pour la natation. Chez eux les enfans cherchent l'eau dès qu'ils peuvent se traîner ; mais ce n'est qu'après des essais multipliés et une véritable étude qu'ils parviennent à dompter les flots.

Toutes les nations anciennes considérant la profession de nageur moins comme une faculté naturelle à l'espèce humaine, que comme un art véritable, ont eu soin d'y former leurs enfans dès le bas âge, montrant par-là l'importance qu'ils mettaient à un exercice qui nous paraît aujourd'hui si frivole. Les Egyptiens, dont le pays coupé de tous côtés par une foule de canaux offrait partout des dangers à celui qui ne s'était pas familiarisé avec les eaux, faisaient de l'art de nager une partie essentielle de l'éducation publique.

Les Grecs établirent chez eux la même institution, et le goût que ce peuple avait pour le commerce maritime, le métier de pirate qu'il exerça long-temps (1), la multitude d'îles dont est parsemé ce pays enchanteur, tout l'invitait à ne pas négliger une ressource dont il pouvait tirer un grand avantage en bien des circonstances. Hérodote (2) raconte que Scyllias de Macédoine rendit son nom célèbre sous le règne d'Artaxerce Mnémon (3), en fai-

----

(1) THUCYDIDE, *guerre du Pélopon.*, liv. I.

(2) HÉRODOTE, *Hist.*, liv. VIII, chap. VIII.

(3) Et non pas *Memnon*, comme on a coutume de le défigurer. Son heureuse mémoire l'avait fait surnommer ainsi (μνημων, qui se souvient).

sant sous les eaux de la mer un trajet considérable pour porter aux Grecs la nouvelle du naufrage des barbares. Pausanias ajoute (1) que dans cette occasion il coupa les ancres de leurs vaisseaux, et qu'il s'enrichit en retirant du fond de la mer les objets précieux que les Perses avaient perdus dans ce désastre.

Et ce peuple de héros, dont les siècles à venir ne rediront la gloire qu'en flétrissant d'un nom mérité les puissans actuels de la terre, les Grecs modernes, marchant à tous égards sur les traces de leurs ancêtres, sont encore aussi bons nageurs que marins intrépides.

L'art de nager faisait à Rome une partie si importante de l'éducation de la jeunesse, qu'on y disait pour caractériser un ignorant : *il ne sait ni lire ni nager*. Aussi les plus grands généraux,

____

(1) PAUSANIAS, liv. x, chap. XIX.

César, Pompée, Marc-Antoine ont-ils plusieurs fois signalé leur adresse à cet égard. Quand ils poursuivaient l'ennemi, rien n'arrêtait les soldats romains : couverts de sueur, épuisés par la fatigue, criblés de blessures, ils se jetaient à la nage et traversaient les rivières ou les lacs avec une célérité incroyable. De là tant de passages de fleuves, exécutés par des armées entières, et qui nous étonnent aujourd'hui; de là cette vigueur, ce tempérament robuste, cette santé parfaite qu'on admirait dans ces guerriers; de là enfin, la rareté des maladies épidémiques, dont les fréquens ravages affligent les nations modernes énervées par le plaisir, la mollesse et l'intempérance.

Les Gaulois étaient bons nageurs. Jules César rapporte que leurs soldats pouvaient traverser au besoin les rivières qui s'opposaient à leur passage.

et qu'ils étaient assez habiles pour emporter avec eux, sans danger, leurs effets les plus précieux.

Les Francs, conquérans des Gaules, se faisaient honneur de savoir nager; et c'est par l'épithète de nageurs que Sidonius Apollinaris les distingue des barbares (1).

L'une des principales épreuves auxquelles on assujétissait les braves pour les recevoir dans l'ordre des chevaliers, consistait en une espèce d'immersion où le récipiendaire donnait des témoignages de sa dextérité dans l'art de nager; les traces de cet ancien usage subsistaient encore du temps de Louis xi. Les seigneurs dédaignèrent bientôt des plaisirs que la populace pouvait partager avec

----

(1)　　　　　　..... *Vincitur illic*
Cursu Herulus, Chunus jaculis, Francusque
natatu.

eux, et la plupart des citoyens, imitant par flatterie ou par vanité les usages que la noblesse n'avait pu se réserver pour elle seule, laissèrent long-temps les matelots et le bas peuple en possession de l'art de nager.

On a cru depuis pouvoir éviter les périls sans se donner la peine d'apprendre à les surmonter ; et l'abbé de La Chapelle, résumant tous les moyens imaginés avant lui, fit adapter environ dix livres de liège à un habit fort ingénieux qu'il nomma Scaphandre. L'utilité de cette machine se borne au moment où l'on s'en sert, et l'on ne parvient pas plus à être nageur en en faisant usage, qu'on n'y parviendrait en se promenant dans une barque.

Passons donc aux préceptes d'un art que rien ne peut suppléer, les meilleurs scaphandres étant incapables de nous garantir des accidens imprévus.

On ne peut être, comme nous l'avons dit, bon nageur sans savoir plonger ; il faut donc commencer par vaincre une répugnance trop souvent funeste à celui qui ne sait que se soutenir sur l'eau.

Asseyez-vous dans un endroit peu profond, et à l'aide d'une personne debout qui vous tiendra les mains par devant, inclinez-vous en arrière jusqu'à ce que l'eau couvre votre visage, et remettez-vous sur votre séant. Il faut répéter cet exercice jusqu'à ce qu'on soit en état de se renverser ainsi et de se relever seul au moyen de ses mains : ce qui arrive quelquefois à la première leçon.

Gardez-vous bien surtout de vous faire plonger l'un l'autre par surprise, et même, tant que vous ne serez pas familiarisés avec l'eau, de vous en jeter au visage : ces sortes de plaisanteries font naître des craintes qu'on n'est pas toujours maître de surmonter.

Vous vous accoutumerez ensuite à plonger sur le ventre, observant d'avoir les reins tendus, les jambes et les cuisses allongées, les bras en avant et dans la direction du corps, le visage exactement tourné contre terre. Pour vous relever, vous vous appuierez fortement sur les mains, sans rien changer à la position allongée du reste du corps, de sorte que les bras forment avec le tronc un angle qui diminue peu-à-peu de grandeur.

L'usage de se boucher le nez est tout-à-fait vicieux : il suffit qu'on retienne sa respiration, et chacun sait la retenir. On n'est point incommodé de la petite quantité d'eau qui entre dans les narines, et même on s'en aperçoit rarement. Il n'en est pas ainsi des oreilles : l'eau qui s'y introduit cause une petite surdité, mais qui ne tire point à conséquence ; au moment où l'on s'y attend le moins, elle sort d'elle-même, et rend à l'ouie sa première finesse. Cependant les personnes délicates feront bien de se boucher les oreilles avec du coton qu'elles auront fortement exprimé après l'avoir imbibé d'huile.

Si l'on ouvre les yeux dans une eau sablonneuse, on éprouvera, de retour à l'air, une légère cuisson qui n'aura pas lieu, si l'eau est pure. Dans tous les cas, on aura soin de refermer les yeux tandis qu'ils seront encore dans l'eau, pour les ouvrir quand ils seront à l'air, afin d'empêcher que les cils ne se replient entre l'œil et la paupière, ce qui suffirait pour rebuter un commençant.

Si vous demeurez dans l'eau de la manière que je viens de prescrire, vous ne tarderez pas à vous apercevoir que le corps tend à surnager. Choisissez alors un endroit où l'eau atteigne au moins votre poitrine, recommencez-y vos manœuvres, et vous ne pourrez réellement pas toucher le fond. Agitez vos membres à la manière des grenouilles (1), *vous nagerez entre deux eaux.*

La difficulté consiste à se relever, et l'on reconnaîtra bientôt qu'elle n'est pas imaginaire si l'on fait attention que la tête ne peut tendre à sortir de l'eau sans augmenter le poids du corps, qui par cette augmentation s'enfonce avec elle jusqu'à ce que l'équilibre soit rétabli. Pour obvier à cet inconvénient il faut choisir un endroit dont la profondeur peu considérable vers les bords, augmente par degrés. On ne fera les premiers essais qu'en se dirigeant vers la rive, et dès qu'on en approchera il sera facile de sortir la tête en appuyant les mains au fond. On se ferait pré-

____

(1) *Voyez* pages 38 et 39.

senter un bâton qu'on saisirait fortement, dans le cas où le lieu n'offrirait pas les avantages dont nous venons de parler.

Que le lecteur ne s'épouvante pas de voir que je commence par le faire plonger, tandis qu'il passe pour constant que c'est là le terme des travaux du nageur. J'ai pour moi l'expérience, et ceux qui ne sont pas de mon avis s'y rangeront bientôt s'ils raisonnent sans prévention. Néanmoins, j'avertis les gens opiniâtres ou peureux, que je leur indiquerai tout à l'heure un moyen pour nager promptement sans quitter la surface de l'eau; mais je leur répète en même temps que le plus beau nageur, s'il ne sait plonger, n'est guère plus à l'abri des accidens que celui qui ne sait rien du tout.

Nos corps ne surnagent que parce qu'ils sont plus légers qu'un égal volume

d'eau : sans cela tout l'art du monde
serait insuffisant, et nous irions bientôt
à fond. C'est ce qui arrive aux noyés
dont les poumons s'engorgent, dont
le corps se flétrit, et qui ne remontent
sur l'eau qu'après plusieurs jours, lorsque la décomposition a développé dans
leur cadavre des gaz qui lui donnent
plus de volume sans changer son poids.

Tous les hommes ne sont pas égale-
mant pesans à proportion de leur volume, et c'est pour cela qu'on voit des
noyés dont le corps n'éprouve pas les
phénomènes que je viens de décrire,
et qui demeurent sur l'eau jusqu'à une
décomposition totale. Il y a même des
gens qui se noient sans que leur corps
soit entièrement plongé. Ceux-ci sont
chargés de graisse; et de même que la
chair pèse moins que l'eau, la graisse
pèse moins que la chair. Comment font-
ils donc pour se noyer ? direz-vous.

Hélas! on croirait qu'ils font tout ce qu'ils peuvent pour cela, ils courbent la tête vers la poitrine et s'agitent beaucoup parce qu'ils ont peur. S'il leur était possible de raisonner, ils se tourneraient sur le dos et conserveraient ainsi la faculté de respirer.

De plus, il y a des personnes qui sans paraître grasses sont beaucoup plus légères que d'autres de la même taille ; et chez tous les hommes les jambes seront plus ou moins légères dans l'eau relativement à leur forme, à leur longueur, à la capacité du tronc, à la grosseur de la tête. Ainsi les uns ont besoin de nager dans une situation peu inclinée à l'horizon pour diminuer le poids de leurs jambes et de leurs cuisses; d'autres de s'incliner davantage pour l'augmenter ; d'autres de se tenir presque debout. Le véritable nageur est celui qui se maintient dans toutes les situations, qui ayant beaucoup de chemin à faire, et s'apercevant qu'il va être saisi d'une crampe (1), varie ses attitudes pour donner de l'action aux muscles qu'il sent près de se roidir.

Si l'élève a le corps tendu, les cuisses et les jambes serrées, les talons joints, les pieds écartés, les bras déployés, les doigts de chaque main serrés les uns contre les autres et bien allongés, les mains au niveau des épaules et la paume des mains tournée contre le fond, il aura la légèreté nécessaire pour surnager ; son corps montera à fleur d'eau, les fesses et la tête se présenteront en même temps.

Mais sa tête ne pourra pas sortir

(1) On parvient à dissiper la crampe, en donnant aux membres affectés une secousse subite, vigoureuse et violente ; ce qui peut se faire dans l'air, lorsqu'on nage sur le dos.

toute entière ; le spectateur n'en verra que la moitié. Ce n'est pas que l'eau ne soit assez forte pour soutenir le tout ; car j'ai vu des gens dans cette situation supporter un morceau de plomb de trente livres qu'on leur mettait sur les reins. C'est donc le défaut d'équilibre qui s'oppose à ce que la tête puisse sortir ; et la preuve en est que si au lieu de placer sur les reins le morceau de plomb dont je parle, on en mettait seulement quelques onces sur une fesse, le nageur ne pourrait les soutenir, et enfoncerait du côté qu'on les aurait mises.

Il ne manque donc à l'élève, pour parvenir à mettre la tête hors de l'eau, qu'un contrepoids qu'il est nécessaire de placer à l'autre extrémité de son corps et qui augmente ou diminue à souhait. Ce contrepoids se trouve dans ses jambes : elles acquerront plus ou moins de pesanteur selon qu'il les rapprochera ou les éloignera de la ligne verticale.

D'après ces notions il y aurait une manœuvre au moyen de laquelle on pourrait se remettre sur ses pieds. Elle consiste à incliner les jambes vers le fond en les écartant, à porter les bras vers les fesses et à plier les genoux. Mais cette manœuvre est trop lente et trop réfléchie pour un commençant : je vais en indiquer une plus aisée. Ici comme ailleurs la simplicité dans les moyens doit obtenir une préférence exclusive.

Il ne s'agit que de tirer partie de la résistance de l'eau en même temps qu'on met à profit sa pesanteur. Je suppose désormais que l'élève est un homme de cinq pieds six pouces. Non que mes préceptes ne puissent également être mis en usage par des hommes de toutes les statures, mais parce que je vais être obligé de donner des dimensions qui seraient vagues si je n'avais en vue un sujet dont la taille fût connue de mes lecteurs.

Voici donc la meilleure manœuvre que je connaisse pour se remettre sur ses pieds. Inclinez doucement vos jambes vers le fond, éloignez vos coudes, rapprochez vos mains l'une de l'autre, conservez à vos bras leur position horizontale. Donnez à vos mains la forme qu'elles prendraient si vous les appuyiez sur un globe de sept à huit pouces de diamètre, en observant néanmoins de tenir les doigts bien serrés les uns contre les autres. Pressez vigoureusement et d'un seul coup l'eau qu'elles rencontreront dans leur chemin, comme si vous vouliez la faire passer entre vos cuisses, et faites un saut par-dessus, les jambes écartées. L'appui sera plus que suffisant pour vous remettre debout.

Dès que vous aurez fait cette percussion, remontez doucement vos bras à la surface ; et afin que dans le trajet ils éprouvent le moins de résistance possible, laissez vos mains pendantes. Cette opération qui n'est que préparatoire vous sera utile, soit que votre percussion ait été trop faible pour vous remettre sur vos pieds, soit qu'elle ait été trop forte ou mal dirigée.

Si elle a été trop faible vous en ferez promptement une seconde, après avoir redonné à vos mains la forme que j'ai indiquée plus haut.

Si la percussion a été trop forte, ou mal dirigée, et que votre corps tende à culbuter en arrière, essayez de vous mettre sur vos pieds à l'aide d'une *attraction*. Pour cet effet vous attirerez rapidement à vous l'eau qui se rencontrera dans la direction de vos mains. Si cette manœuvre est trop faible pour vous empêcher de tomber à la renverse, ne vous amusez pas à une seconde tentative; mais allongez-vous promptement, serrez les cuisses, joignez les talons, étendez les bras de chaque côté le long du corps, la paume de la main tournée contre le fond, et l'articulation du pouce appuyée contre la hanche, roidissez-vous bien depuis la tête jusqu'aux pieds. Votre corps montera dans cette même position renversée; votre nez et votre bouche seront au-dessus de la surface de l'eau. Cependant il faut vous garder de soulever la tête.

Voilà ce qu'on appelle *faire la planche*. Demeurez là sans bouger tant qu'il vous plaira; les connaisseurs verront que vous avez manqué vos manœuvres, mais la foule vous prendra pour un habile homme.

Quand vous aurez respiré tout à votre aise, vous pourrez facilement nager dans cette posture. Il ne s'agit que de rapprocher les talons des fesses en écartant les genoux, et de roidir les jambes et les cuisses en les étendant avec force. La plante de vos pieds éprouvera une résistance à l'aide de laquelle vous avancerez sur le dos.

Passons à la manière commune d'apprendre à nager :

Il est très-important, dans les premières leçons, de chercher un appui dans un corps léger, et quoi qu'en disent certaines gens, c'est le seul moyen de rassurer le commençant qui a déjà fort à faire pour développer en cadence tous ses membres à la fois.

Tous les appuis cependant ne sont pas également sûrs, et les manières de s'en servir ne sont pas également bonnes.

Les faisceaux de jonc empêchent les bras de se mouvoir avec facilité.

Les calebasses ou gourdes ont aussi

leur inconvénient : la chaleur du soleil dilate l'air qu'elles contiennent, le bouchon saute, et l'eau y pénètre. D'ailleurs un choc peut les casser, de même que les boîtes de fer-blanc ou d'autre métal. J'ai été témoin de plusieurs accidens occasionnés par ces machines, et je pense qu'il faudrait encore les rejeter, quand même elles ne seraient pas dangereuses.

Je ne connais que le liége qui doive être employé par les commençans. Les uns s'en font une double cuirasse qu'ils attachent par les côtés avec des cordes : les autres se servent d'une seule planche qui leur couvre la poitrine et le ventre : d'autres mettent la planche par derrière, et cette manière est moins mauvaise que la précédente. J'ai vu un jeune homme qui s'étant cuirassé par devant, s'avisa de se tourner sur le dos : tous les efforts qu'il fit pour se remettre sur le ventre furent vains, et il aurait péri s'il n'eût été secouru. D'autres enfin ont une sorte de chapelet qui leur fait le tour du corps au-dessous des aisselles; cet instrument est un diminutif du *scaphandre* dont il a déjà été question.

Voici la manière qui me parait la plus sûre, la plus commode, la moins coûteuse et la seule capable de mettre un homme d'une conformation ordinaire en état de nager seul au bout de huit jours.

Enfilez à une corde grosse comme le petit doigt et longue de deux pieds environ un morceau de liége coupé en rond et qui ait un pouce et demi de diamètre sur neuf à dix lignes d'épaisseur. Que d'autres morceaux d'un diamètre à chaque fois plus considérable soient successivement ajoutés, jusqu'à ce que vous ayez formé un cône de cinq à six pouces de hauteur sur neuf à dix pouces de base. Ce trop élevé là

Ce cône sera arrêté à son sommet par un double nœud que vous ferez au bout de la corde, avec beaucoup de solidité. Un second cône de même dimension sera disposé de la même manière à l'autre extrémité.

Etendez cette machine sur l'eau et mettez-vous dessus en travers. Vous vous sentirez surnager, au point que vous auriez peine à plonger la tête. Il faudra, si vous êtes mince, raccourcir la corde; et dans tous les cas vous la disposerez de manière que vos liéges ne flottent pas trop près des aisselles, ce qui pourrait gêner le mouvement de vos bras.

Ici vous avez à craindre que la corde n'abandonne la poitrine et ne se glisse le long du ventre, pour s'arrêter à la naissance des cuisses; la tête plongerait

alors, les jambes demeureraient sus-
pendues, et vous seriez en danger de
perdre la vie.

Voici le moyen de prévenir cet accident. Préparez deux anneaux de corde
qui aient le double de la grandeur dont
vous auriez besoin pour y faire entrer
vos bras jusqu'aux épaules. Attachez
ces anneaux à la corde principale, en
laissant entre eux la largeur nécessaire
pour asseoir commodément votre poitrine. Avant de vous abandonner à l'eau
sur cet instrument, vous aurez soin de
passer un bras dans chaque anneau jusqu'à l'épaule.

Afin de ménager la poitrine des da-
mes, on peut faire passer sur le dos la
corde principale et fabriquer les anneaux avec du velours. C'est là ce qu'on
appelle *nager à la lisière*.

Pour vous préparer à vous porter en
avant, ayez les bras pliés, les mains

bien tendues, la paume tournée contre le fond. Rapprochez-les l'une de l'autre, de sorte que les deux pouces et les deux index se touchent mutuellement par le bout.

Ayez les coudes au niveau des épaules, et les mains au niveau des coudes. C'est le précepte le plus essentiel, et celui dont on se ressouvient le moins dans l'action. L'habitude que nous avons de porter les mains à terre pour nous garantir d'une chute me paraît être la cause du mécanisme qui, à la moindre peur, dispose les membres d'un commençant comme pour marcher à quatre pieds.

Que vos mains soient rapprochées de votre corps de manière à former en dehors, avec l'avant-bras, un angle rentrant d'environ cent quarante-cinq degrés pour chacune.

Que vos talons se touchent ou à peu

près, et qu'ils soient rapprochés de vos fesses; que vos genoux soient éloignés l'un de l'autre le plus qu'il sera possible.

Tenez-vous prêt à chasser vigoureusement de la plante des pieds l'eau qui se trouvera dans leur direction, et retenez bien ce que je vais dire.

Comme si un même ressort faisait partir à la fois vos pieds et vos mains, que vos jambes et vos bras se déploient au même instant. Portez vos mains en avant *à la hauteur des épaules*, et faites qu'elles se touchent encore même lorsque vos bras seront déployés dans toute leur longueur.

Cet élan vient de vous faire avancer en raison de la promptitude que vous y avez mise. Il ne faut pas vous hâter de rassembler vos membres, parce que votre mouvement subsiste plus longtemps que la cause qui l'a produit. At-

tendez pour changer de posture qu'il
soit presque fini, ce que vous recon-
naîtrez à l'augmentation de votre poids
qui vous fera un peu enfoncer.

Alors vous disposerez vos membres
comme ils étaient avant votre élan ; mais
il faut tirer parti de cette disposition
même et l'employer à avancer encore ;
ce qui pour le moment ne peut se faire
qu'avec les bras et les mains.

Éloignez d'abord lentement ces parties l'une de l'autre, observant de tenir
les bras bien-tendus ; et lorsque vos
mains seront entre elles à une distance
d'environ deux pieds et demi, inclinez-
les de sorte que le côté du petit doigt de
chacune soit un peu plus élevé que le
côté du pouce. Mettez alors de la vigueur à la continuation du mouvement
de vos bras, vous avancerez. Vos mains
n'ont pas dû cesser encore d'être *au
niveau des épaules ; mais lorsqu'elles*

seront diamétralement opposées l'une à l'autre, il faudra que l'extrémité des bras pénètre plus avant dans l'eau à mesure que vous agrandirez la portion de cercle qu'ils décrivent. Ici le mouvement doit être rapide, car ce n'est qu'à l'aide de la résistance opposée par l'eau à la paume de vos mains que vous continuez d'avancer; et de plus, ce n'est qu'à l'aide de cette même résistance que vous vous soutiendriez sans faire la culbute, si vous n'étiez maintenu par des liéges. Pour peu que vous ayez su mettre à profit cette résistance, vous aurez du temps de reste pour plier vos bras, les rapporter devant votre poitrine et vous élancer de nouveau.

Je ne me flatte pas d'être entièrement compris à la première lecture; mais j'espère qu'en me lisant avec attention une seconde fois on entendra facilement ce qui avait paru d'abord difficile à saisir.

Cependant, si l'on ne trouvait pas toutes mes explications également claires, il ne faudrait point se rebuter pour cela. Il suffira d'en avoir compris quelques-unes pour être en état de suppléer soi-même les autres, en y mettant un peu d'attention, puisqu'elles portent toutes sur un petit nombre de principes simples et faciles à saisir, savoir : que nos corps sont plus légers que l'eau, et n'ont pas partout la même densité ; qu'il faut donner aux parties les plus légères une pesanteur capable de les tenir en équilibre avec les plus lourdes, et aux parties les plus pesantes une légèreté capable de les tenir en équilibre avec les plus légères ; que les différentes parties de notre corps ne peuvent acquérir cette variété de poids que par la diversité de leur position jointe à la résistance de l'eau.

En s'exerçant à la lisière une heure

par jour, il faudra retrancher à chaque
fois une portion égale des deux côtes,
pour les diminuer de volume à proportion des forces qu'on aura acquises.
L'homme le moins adroit et le plus
craintif nagera sans aucun secours,
avant la quinzaine.

Ceux qui auront d'abord préféré de
plonger, pourront également se servir
de liége lorsqu'ils voudront s'exercer
à nager. Mais j'ai vu des personnes qui
n'avaient pas besoin de recourir à ce
moyen, et qui après avoir plongé quatre
ou cinq jours essayaient leurs forces
avec succès en sortant la tête de l'eau.

Lorsque vous ne serez plus à la lisière, vous vous accoutumerez à donner
à vos membres divers mouvemens pour
vous faire avancer. J'ai indiqué les
moyens d'apprendre à *plonger*, à *nager entre deux eaux*, à se diriger sur
le dos, et à *nager en grenouille*, ver

c'est ainsi qu'on nomme la manière commune; pour les autres manœuvres regardez faire un bon nageur; mais n'oubliez pas que celui qui ne nage que d'une manière est bientôt fatigué, et que celui qui plonge ne l'est jamais. Vous avez les préceptes fondamentaux; si j'en ajoutais d'autres je pourrais cesser d'être clair, et la difficulté de les comprendre vous ferait négliger les premiers. Je vais seulement vous donner quelques avis indispensables.

Jusqu'ici j'ai supposé que vous vous exerciez dans une eau morte; mais quand vous vous sentirez assez fort, vous devez rechercher les eaux courantes. C'est là seulement qu'on peut apprendre à connaître les moyens auxquels il faudra recourir dans les grands dangers. Le philosophe de Genève en voulant apprendre à son disciple à traverser l'Hellespont dans les canaux de son jardin a prouvé qu'il n'était pas nageur.

Pour se maintenir debout sans le secours des bras il faut écarter les jambes, le plus qu'on pourra, et marcher dans cette situation en pressant l'eau vigoureusement de la plante des pieds.

Si l'on veut nager debout dans une rivière, il faut se présenter incliné vers la source afin de n'être pas culbuté par le courant, dont la rapidité est toujours plus forte vers la surface que vers le fond.

Je n'ai rien dit encore du parti qu'un nageur peut tirer de l'air en l'accumulant dans ses poumons. Ce moyen d'alléger le corps, toutes les fois que les autres ne suffisent pas, est si naturel, que la plupart des commençans se gonflent dans l'eau dès la première leçon, sans qu'ils s'en aperçoivent eux-mêmes.

Si vous êtes plongé dans une eau

courante et que vous vouliez remonter
promptement à la surface en vous aidant
de quelques *brassées*; votre corps ne
doit être placé ni horizontalement ni
verticalement; mais il doit tenir le
milieu entre ces deux positions, la tête
plus voisine de la source que des pieds.
Ayez le dos tourné à l'embouchure, et
nagez en vous maintenant sous un
angle de quarante-cinq degrés. Dans
cette position le courant seul vous re-
monterait.

Pour traverser un fleuve rapide, pré-
sentez-vous sur l'eau dans un sens obli-
que, la tête également plus près de la
source que les pieds; vos efforts ne
doivent tendre, pour ainsi dire, qu'à
conserver cette situation, le courant
fera le reste et vous poussera contre la
rive où vous voulez aborder.

Puisque tous les hommes ne sont pas
également lourds relativement à leur

volume, tous n'ont pas la même facilité de pénétrer dans le sein des eaux. Il y en a même qui éprouvent une impossibilité absolue de plonger, à moins qu'ils ne se jettent d'une certaine hauteur.

Si vous êtes à la surface de l'eau et que vous vouliez disparaître en un instant, mettez-vous debout, les jambes jointes, les pieds allongés, les bras élevés et bien tendus, ou abaissés et appliqués le long du corps.

Si vous voulez vous jeter dans l'eau d'un lieu élevé, tenez-vous bien droit, les bras collés le long du corps, les jambes croisées dans leur longueur et les pieds tendus de manière à présenter d'abord les orteils. Vous pouvez aussi *donner une tête*, c'est-à-dire, vous précipiter la tête la première; mais le second de ces exercices exige une grande habileté, sans quoi l'on risque de se tuer en tombant sur le ventre, et le premier n'est guère moins dangereux si l'on n'a pas une parfaite connaissance du local.

Quoique l'air dont on emplit ses poumons rende le corps moins lourd, et semble contrarier la fin qu'on se propose en plongeant, je suis d'avis qu'on s'en munisse aussi abondamment que possible. C'est le moyen de conserver plus long-temps ses forces quand on a du chemin à faire sous l'eau. D'ailleurs on y prolonge son séjour de plusieurs secondes en lachant des bouffées par intervalles. Ces bouffées étonnèrent un moment le savant Halley, qui faisait des expériences : il avait envoyé des plongeurs sous les roches de l'île St.-Hélène; en voyant bouillonner l'eau à la surface, il crut qu'ils devenaient victimes de son insatiable curiosité.

Les éponges qu'on tient dans la

bouche après les avoir huilées et ex-
primées, offrent aux poumons un léger
secours, en leur procurant le peu d'air
que l'eau n'en a pu chasser.

Je ne connais point de plongeur qui,
sans employer les moyens inventés par
la mécanique, soit en état de demeurer
trois minutes sous l'eau. Les plus vi-
goureux et les plus exercés se bornent
communément à deux, et ne vont pas
toujours jusque-là. J'ai vu des gens me
soutenir que j'y étais demeuré plus de
cinq minutes ; mais ils n'avaient pas
regardé leur montre.

Quant aux personnes assez heureuses
pour pouvoir agir des heures entières
sous l'eau, elles doivent cet avantage à
une conformation particulière. Tel était
en Sicile au quinzième siècle le fameux
plongeur Pescécola (Nicolas Poisson),
qui pouvait, dit-on, rester deux ou trois
heures sans remonter à la surface.

A ces préceptes, je vais joindre la
méthode de Franklin que j'ai promise
à mes lecteurs, autant pour leur mon-
trer qu'un observateur aussi judicieux
ne pouvait pas manquer d'enseigner
d'abord à plonger, que parce qu'elle
est, à mon gré, tout-à-fait propre nou-
seulement à inspirer de la confiance
dans la force de l'eau, mais encore à
enseigner sans affectation le grand et
seul vrai secret de mettre cette force
à profit.

Choisissez un endroit tellement incliné que l'eau y devienne plus profonde
par degrés, marchez-y en avant de
sang-froid, jusqu'à ce que l'eau gagne
votre poitrine; retournez-vous alors
pour faire face au rivage et jetez un
œuf à quelques pas devant vous. Il
tombera au fond où vous le distinguerez
aisément pour peu que l'eau soit claire,
Il faut qu'elle ait assez de profondeur

en cet endroit pour que vous ne puissiez
atteindre l'œuf et le ramasser sans
plonger dans l'eau. Pour vous encou-
rager à l'entreprendre, faites réflexion
que vous avancerez de l'endroit où l'eau
est le plus profonde vers celui où elle
l'est moins, et que vous pourrez quand
il vous plaira, en portant vos jambes
en bas et prenant pied sur le fond,
élever beaucoup votre tête au-dessus
des flots. Plongez-y donc les yeux ou-
verts, en vous élançant vers l'œuf, et
en faisant agir vos mains et vos pieds
contre l'eau, afin de vous porter assez
en avant pour le saisir. En faisant cet
essai vous trouverez que l'eau vous sou-
lèvera plus que vous ne voudrez, qu'il
n'est pas aussi facile d'enfoncer que
vous l'aviez imaginé, et que vous ne
sauriez attraper votre œuf sans un ef-
fort assez puissant. Ainsi vous éprou-
verez quelle est la force de ce liquide

pour vous soutenir, et cela vous inspirera de la confiance en cette force, en même temps que vos efforts pour la surmonter et pour atteindre l'œuf vous apprendront la manière d'agir contre l'eau avec vos pieds et vos mains, action qui est précisément la même que vous devrez employer en nageant pour vous soutenir la tête élevée au-dessus de l'eau, ou pour avancer à la nage.

J'insiste d'autant plus à vous presser de faire l'essai de cette méthode, que, malgré votre conviction de pouvoir surnager et flotter long-temps à la surface en prenant une position convenable, vous ne pourrez cependant, jusqu'à ce que l'expérience vous ait inculqué la confiance nécessaire, avoir assez de présence d'esprit pour vous rappeler cette posture et les instructions préliminaires.

La surprise peut vous faire perdre la mémoire de tout cela. Car, quoique

nous nous vantions d'être doués de raison et d'intelligence, il paraît que ces
facultés ne nous servent presque de
rien dans de telles occasions ; tandis que
les animaux bruts, à qui nous en ac-
cordons à peine une lueur, paraissent
avoir si fort l'avantage sur nous.

INSTRUCTIONS PRATIQUES

pour le traitement des noyés.

On a long-temps disputé sur les causes de la mort des noyés, et sur les moyens de les rappeler à la vie. On croyait autrefois que l'eau introduite dans l'estomac et dans les conduits aérifères suffisait pour faire périr ces infortunés ; on a prétendu depuis qu'il n'entrait jamais d'eau dans les poumons ; d'autres sont convenus qu'il pouvait y en entrer, mais non pendant la la vie. Goodwin a prouvé par des expériences directes qu'effectivement il entrait dans les poumons des noyés, et avant la mort, une certaine quantité d'eau, mais trop petite pour suspendre le jeu de ces organes et déterminer la mort, qui souvent n'est qu'apparente chez les submergés.

Nous n'indiquerons ici que les moyens de faire promptement cesser en eux un état qu'ils ne doivent souvent qu'à une imprudence qu'il est bon de signaler.

On voit des gens qui ne font nulle difficulté de se baigner après leur re-pas, et d'autres qui couverts de sueur se précipitent dans les flots. Le pre-mier de ces moyens peut toujours être nuisible, et j'engage mes lecteurs à ne prendre ce plaisir que deux heures au moins après une nourriture quelcon-que.

Quant au second, que je conseille également de ne jamais pratiquer, il peut être sans danger dans les grandes chaleurs de l'été, si la rivière où l'on se plonge est échauffée par le soleil; mais de se jeter en pareil cas dans une eau de source, c'est une imprudence qui manque rarement d'être funeste. Je pourrais en donner mille exemples, je me contenterai d'un seul, et Franklin affirme qu'il s'est passé sous ses yeux : Quatre jeunes gens ayant travaillé à la moisson dans la chaleur du jour, se plongèrent pour se rafraîchir dans une fontaine d'eau froide ; il en mourut deux sur la place, un troisième succomba le lendemain matin , et le quatrième eut beaucoup de peine à recouvrer la santé.

En voyant tomber une personne dans l'eau, notre premier mouvement est de la secourir sans consulter si nous en avons les moyens. Ce mouvement est plus impérieux et plus prompt si la personne nous est chère, et il n'arrive que trop souvent qu'au lieu d'une victime la mort en engloutit deux. La raison qui devrait toujours guider le sentiment nous apprend que nous ne devons ja-

mais entreprendre de secourir les submergés dans l'eau sans savoir plonger ;
et même dans ce cas il est prudent de
ne pas les approcher au hasard ; mais
il faut auparavant s'assurer de la manière dont on les saisira, surtout s'ils
s'agitent encore avant de tomber en
asphyxie : les noyés s'accrochent partout où ils peuvent ; ce qui expose à
être entraîné avec eux, principalement
s'ils s'attachent aux extrémités inférieures de ceux qui vont à leur secours ou
qu'ils rencontrent dans la même eau.
Il faut se garder en conséquence de s'en
laisser saisir, et l'expédient le plus sûr
est de les prendre par les cheveux ou
par les épaules, pour pouvoir toujours
tenir leur tête hors de l'eau.

1°. La première chose à faire après
avoir retiré de l'eau un submergé est
de lui passer les doigts dans la bouche
pour le débarrasser des glaires ou autres

corps qui pourraient s'y être introduits.

Transportez-le ensuite le plus tôt possible à l'endroit destiné à l'administration des secours, en le portant avec précaution, sur les bras, sur une échelle ou sur un brancard; couché sur le côté droit, la tête un peu élevée, et évitant de le secouer. Le transport sur les bras est préférable aux autres moyens dont le moins convenable est la voiture.

Si c'est en été et qu'on puisse avoir promptement les choses nécessaires, les secours peuvent se donner sur le rivage même; on gagne par là du temps, l'asphyxié est plongé dans une atmosphère plus pure, et son corps est moins tracassé.

2°. Arrivé au lieu des secours, placez-le sur une table en lui soutenant toujours la tête; déshabillez-le promptement, et coupez ses vêtemens, s'il le

faut, pour aller plus vite, puis enve-
loppez-le d'un drap sec pour l'essuyer
exactement dans toutes les parties ; ensuite placez-le dans un lit modérément
chaud, toujours la tête relevée sur un
coussin un peu dur, et le corps couché
un peu à droite : alors garnissez avec des
pièces de laine chaude le creux des aisselles, des aines et les parties sexuelles,
et réchauffez par des frictions non
interrompues les jambes, les cuisses,
les bras et la paume des mains.

3°. Si le submergé ne donne point
encore de signes de vie, essayez de
placer sous son nez un flacon débou-
ché d'ammoniaque liquide (alcali vo-
latil fluor), et d'insinuer doucement
dans ses narines et dans sa bouche la
barbe d'une plume trempée dans ce
liquide ou dans l'eau des carmes (eau
de mélisse), car ces moyens simples
ont souvent suffi quand l'asphyxie était

légère ; si, après cinq minutes de ces tentatives, la vie ne s'annonce pas, recourez de suite à l'insufflation pulmonaire.

4°. Cette insufflation s'exécute en serrant le nez de l'asphyxié, et en lui soufflant directement dans la bouche. S'il ne se trouve personne qui veuille employer ce moyen, il faut prendre un tuyau de pipe, de plume, de jonc, etc., ou bien un soufflet, jusqu'à ce qu'on s'aperçoive que la poitrine commence à se dilater. Il vaut mieux souffler par une des narines, en tenant l'autre fermée, parce que l'air se dirige alors plus sûrement vers la trachée-artère.

5°. En même temps qu'une personne souffle, une autre personne a soin de frotter et de comprimer doucement et à diverses reprises la poitrine et le bas-ventre alternativement, afin d'imiter en quelque sorte les mouvemens d'inspiration et d'expiration.

6°. Après quatre minutes d'insufflation, et tandis qu'on la continue, ne manquez pas de recourir aux lavemens de fumée de tabac, dont une troisième personne disposera l'appareil. A défaut de tout autre instrument, vous introduirez par l'anus l'extrémité du tuyau d'une pipe dont le fourneau sera chargé et allumé, vous y appliquerez une autre pipe vide et soufflerez par le tuyau; mais mieux est de se servir de la machine fumigatoire de Pia.

7°. Dès qu'on s'apercevra que la respiration veut s'établir, on cessera toute insufflation dans les poumons; mais il faudra continuer les projections de fumée de tabac dans les intestins et les frictions sur les extrémités tant supérieures qu'inférieures.

8°. On ne doit rien verser dans la bouche du noyé tant qu'il ne respire pas, car dans cet état il ne peut rien

avaler, et le liquide peut tomber dans
la trachée-artère, surtout au moment
de la première inspiration, ce qui serait
capable de suffoquer de nouveau la personne qu'on secourt : mais dès que la
respiration commence à se rétablir, on
peut, pour servir de cordial et de res-
taurant, faire couler lentement dans
sa bouche avec une cuiller un peu
d'eau - de - vie camphrée mêlée d'eau
tiède, de vin chaud ou de quelqu'autre
liqueur aromatique. Si la bouche se
trouve fermée on la maintiendra en-
tr'ouverte par un coin de liége placé
entre les dents, ce qui préviendra le
serrement convulsif des mâchoires qui
quelquefois est capable de couper la
langue si elle se trouve avancée.

9°. L'on n'est pas toujours à portée
des secours méthodiques pour les admi-
nistrer aux noyés, et cependant on peut
être dans le cas d'en secourir lorsqu'on

est le plus au dépourvu. Si l'on manque de feu, de linges chauds, de flanelle, de canules, de tabac et de pipes, voici comment on y suppléera :

A. Vous transporterez le noyé dans l'endroit le plus sec du rivage, vous l'étendrez au soleil dans la position décrite en commençant, la face tournée vers le ciel ; après l'avoir dépouillé de ses habits mouillés vous le frotterez avec du foin sec, des vieilles hardes, et en général avec tous les corps capables d'absorber l'humidité ; vous ne cesserez également de le frotter avec les mains sur les extrémités inférieures, sur les épaules et sur la poitrine.

B. Pour conserver la chaleur développée par les frictions, vous couvrirez le noyé avec une partie de vos habits, et mieux encore, si c'est en été, vous l'ensevelirez jusqu'au cou dans le sable chaud, ayant soin de n'en mettre qu'une légère couche sur la poitrine. Ce moyen joint à des frottemens sur les jambes a très-souvent réussi aux plongeurs des environs du lac de Genève, pour rendre à la vie, en peu de minutes, des submergés qui n'avaient pas été trop long-temps sous l'eau.

C. Ces procédés seront encore plus efficaces si l'on souffle en outre dans la poitrine du noyé ; il est rare qu'on ne puisse avoir pour cela un chalumeau, un tuyau de canne, de carte, de carton, de plume, de sureau, la gaîne d'un couteau, etc. Enfin, si tout cela venait encore à manquer, et s'il était possible de vaincre toute répugnance, il nous reste encore la ressource, pour sauver un de nos semblables, de souffler dans la bouche et dans le nez de l'asphyxié avec notre propre bouche.

Il est permis d'espérer long-temps de rappeler à la vie celui même qui semble résister aux stimulans que nous avons indiqués. Il faut pour cela les appliquer le plus immédiatement qu'il est possible sur les parties qui sont douées d'un sentiment plus délicat et plus tenace, jusqu'à ce que des signes de mort réelle nous permettent de nous reposer à l'abri de tout reproche et de tout regret. En interrogeant les fastes de ces tentatives vraiment humaines, je trouve que, dans la plupart des cas, ce n'a été qu'après un travail de deux à quatre heures qu'elles ont été couronnées de succès : je n'en rapporterai qu'un exemple. Une femme, de l'âge de soixante ans, tomba le 23 avril 1774 de trente pieds de haut dans la Loire, à Nantes. Elle fut retirée un quart d'heure après dans un état complet d'asphyxie. MM. Rapatel et Lebeau, chirurgiens, la secoururent avec autant d'intelligence dans le choix des moyens que de zèle et d'adresse dans leur administration. Les frictions devant un grand feu, l'insufflation de l'air dans les poumons, et la saignée, déterminèrent un léger frémissement dans les artères. Un lavement de fumée de tabac parut l'affecter, et l'on entendit un mouvement assez considérable dans son ventre. Des titillations dans l'intérieur des narines augmentèrent le jeu du diaphragme, et achevèrent de démontrer l'existence d'une vie sur laquelle la fumigation par l'anus avait déjà dissipé toute incertitude. Ce travail a duré *plus de quatre heures.*

Un savant distingué qui a traité longuement cette matière dans le *Dictionnaire des sciences médicales,* source féconde que nous avons préférée dans nos recherches, vu le talent au-dessus de tout éloge de ses rédacteurs, M. Foderé pense avec Frank et Collemann que les secours doivent être prolongés pendant six heures. S'ils sont inefficaces, on laissera quelque temps le corps dans un lit chaud, puisqu'on a des exemples d'asphyxiés à qui tous les excitans avaient été inutiles, et qui ont récupéré spontanément l'exercice de la vie.

FIN.

DE L'IMPRIMERIE DE FEUGUERAY,
RUE DU CLOÎTRE SAINT-DENOÎT, N° 4.